dino AVENTURA 4D

Dinossauros Carnívoros

Tiranossauro Rex
Velociraptor

REALIDADE AUMENTADA

INSTRUÇÕES DE USO

1. Instale o aplicativo "**Dinossauros - ValedasLetras4D**":

Play Store (Android)   App Store (Apple)

2. Abra o aplicativo e ligue o som.

3. Procure as páginas do livro indicadas com o selo 4D.

4. Posicione a câmera do dispositivo, focalizando o dinossauro na página marcada com o selo 4D.

5. Aguarde alguns instantes enquanto o aplicativo carrega o dinossauro. (Este tempo pode variar de acordo com o processador do seu celular ou tablet.)

6. Após aparecer o dinossauro, você pode observá-lo de ângulos diferentes. Basta movimentar o dispositivo ou girar o livro. Você também pode fazer o movimento de zoom (pinch com dois dedos na vertical) para aumentar ou diminuir o dinossauro na tela.

7. Para mover o dinossauro, toque no lugar da tela para onde deseja que o dinossauro vá.

8. Para fazer o dinossauro andar, toque uma vez;

9. Para fazer o dinossauro correr, toque duas vezes;

10. Para fazer o dinossauro atacar, toque na cabeça do dinossauro.

OBS: Se você não tocar na tela, o dinossauro executará movimentos diferentes, de modo aleatório.

ADAPTAÇÃO E PROJETO GRÁFICO
Stevan Richter

3D E REALIDADE AUMENTADA
Adenio Fuchs

ILUSTRAÇÕES
Shutterstock, Jean Carlos Ferreira

CRÉDITOS DAS GRAVURAS DA PÁGINA 3

Dados Internacionais de Catalogação na Publicação (CIP)
(Câmara Brasileira do Livro, SP, Brasil)

Dinossauros carnívoros : tiranossauro rex, velociraptor / [adaptação e projeto gráfico Stevan Richter ; ilustrações Shutterstock]. -- Blumenau, SC : Editora Vale das Letras, 2018. -- (DinoAventura 4D)

ISBN 978-85-5550-160-9

1. Dinossauros - Literatura infantojuvenil I. Richter, Stevan. II. Shutterstock. III. Série.

18-13451   CDD-028.5

Índices para catálogo sistemático:

1. Dinossauros : Literatura infantil   028.5
2. Dinossauros : Literatura infantojuvenil   028.5

MISTÉRIOS
PRÉ-HISTÓRICOS...

Os dinossauros foram algumas das criaturas mais fascinantes que passaram pela Terra. Mas, durante boa parte da história humana, ninguém soube de sua existência.

Quando os primeiros fósseis foram descobertos, tornaram-se um grande mistério. Em sua imaginação, as pessoas os explicaram de formas diversas: experiências dos deuses que deram errado, restos de gigantes, dragões ou outros monstros mitológicos.

Foi apenas nos últimos duzentos anos que os cientistas começaram a reconhecer os fósseis como restos de animais extintos.

Museu Real Tyrrel de Paleontologia
Alberta, Canadá

...REVELADOS PELA CIÊNCIA

Foram descobertos ossos, ovos e até pegadas de dinossauros ao redor do mundo inteiro, em todos os continentes, até mesmo na Antártida. Muitas descobertas aconteceram por acaso, em atividades de mineração, escavações para construção e perfuração de poços de petróleo.

No Brasil, especialistas desenterraram e confirmaram cerca de 20 espécies de dinossauros. Uberaba, conhecida como a Terra dos Dinossauros do Brasil, possui a maior quantidade de espécies do país.

O naturalista inglês Robert Plot publicou em 1677 um desenho de um fragmento de um osso de Megalossauro encontrado em Oxfordshire. Na época, concluiu-se que se tratava de um osso de elefante ou de um homem gigante. Foi a primeira ilustração conhecida de um fragmento de um dinossauro.

O geólogo inglês William Buckland, da Universidade de Oxford, foi a primeira pessoa a dar nome científico a um dinossauro, ao descrever o Megalossauro em 1824.

O TERRÍVEL

REI DOS DINOSSAUROS

O Tiranossauro Rex (*Tyranossaurus Rex*, ou T-Rex) foi um dos maiores e mais assustadores dinossauros carnívoros que já existiram. Seu nome significa "lagarto tirano rei".

Além de grande, ele era rápido e tinha uma mordida muito forte. Quando seu rugido ecoava na floresta, nenhuma criatura sentia-se segura. O Tiranossauro dominou a maior parte do oeste da América do Norte durante o período Cretáceo.

4D

ABRA O APLICATIVO E APONTE A CÂMERA PARA A IMAGEM AO LADO.

CARACTERÍSTICAS
PRINCIPAIS

A poderosa cauda do Tiranossauro media de 5 a 6 metros.

O Tiranossauro era uma máquina caçadora. Dotado de pernas musculosas, podia perseguir facilmente suas presas com seus passos largos. Seus dentes longos eram capazes de perfurar sua caça sem dificuldade. Sua mordida era poderosa, quando capturava suas presas, não as largava mais.

Pernas sólidas sustentavam seu peso em três grandes dedos com garras, semelhantes aos de uma ave.

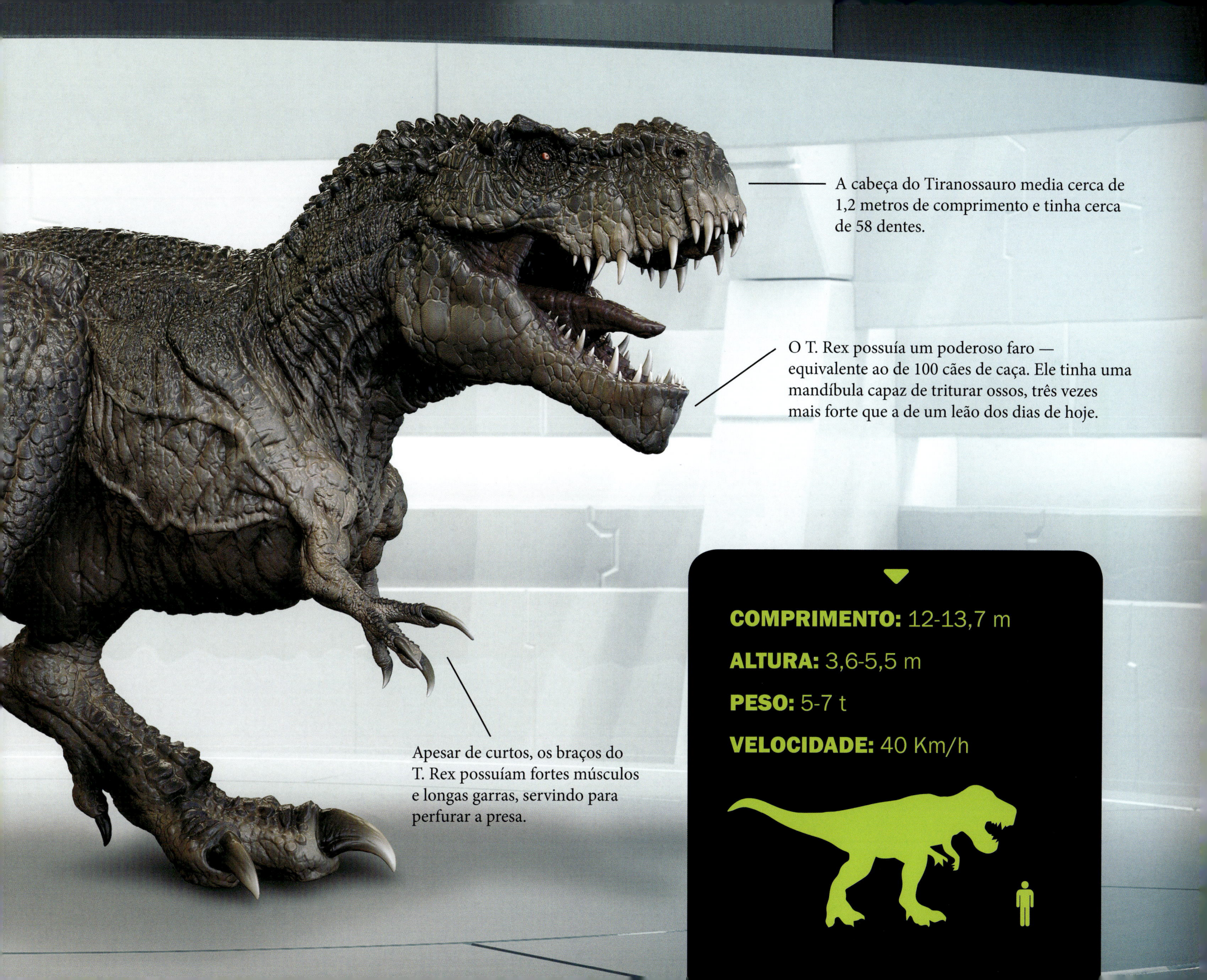

A cabeça do Tiranossauro media cerca de 1,2 metros de comprimento e tinha cerca de 58 dentes.

O T. Rex possuía um poderoso faro — equivalente ao de 100 cães de caça. Ele tinha uma mandíbula capaz de triturar ossos, três vezes mais forte que a de um leão dos dias de hoje.

Apesar de curtos, os braços do T. Rex possuíam fortes músculos e longas garras, servindo para perfurar a presa.

COMPRIMENTO: 12-13,7 m

ALTURA: 3,6-5,5 m

PESO: 5-7 t

VELOCIDADE: 40 Km/h

CLASSIFICAÇÃO

E FATOS GERAIS

Este dinossauro foi nomeado em 1892 por Edward Cope, que encontrou os primeiros fragmentos de um T. Rex. Em seguida, houve a descoberta de um esqueleto fossilizado por Barnum Brown na formação de Hell Creek, Montana em 1905.

Os cientistas acreditavam que o T. Rex tinha relação próxima com o Alossauro e o Velociraptor. Mas descobertas recentes mostraram que o T. Rex não era um carnossauro! Ele tinha relação mais próxima com um dinossauro menor, parecido com um pássaro, o Compsognato.

PERÍODO:
85–65 milhões de anos, fim do período Cretáceo.

ORDEM, SUBORDEM, FAMÍLIA:
Saurischia, Theropoda, Tyrannossauridae.

LOCAL:
América do Norte e Ásia.

? VOCÊ SABIA?

O Estegossauro e o Apatossauro já estavam extintos muito tempo antes do T. Rex caminhar sobre a Terra. O T. Rex estava entre os últimos dinossauros que existiram.

Cambriano 540-500	Ordoviciano 500-435	Siluriano 435-410	Devoniano 410-355	Carbonífero 355-295	Permiano 295-250	Triássico 250-203	Jurássico 203-135	Cretáceo 135-65	Terciário 65-1,75	Quaternário 1,75-presente
PALEOZÓICO 540-250 Ma						MESOZÓICO 250-65 Ma			CENOZÓICO 65 Ma-presente	

CURIOSIDADES SOBRE A
ALIMENTAÇÃO

O Tiranossauro era um carnívoro feroz. Ele se alimentava de outros dinossauros. Muitos cientistas defendem que ele também se alimentava de animais já mortos. Porém, uma evidência a favor de ter sido um predador inclui o fato de seus olhos apontarem diretamente para a frente, o que facilitaria a caça.

Suas mandíbulas eram tão grandes que permitiam abocanhar inteira uma presa do tamanho de um homem.

Uma de suas principais vítimas era o Triceratope, mas não era fácil driblar os potentes chifres desse valente herbívoro.

?

VOCÊ SABIA?

Os cientistas acreditam que este animal podia comer até 230 kg de carne em uma só refeição.

GARRAS
PERIGOSAS

Durante muito tempo, acreditou-se que os braços deste dinossauro não tinham nenhuma função em um combate e, uma vez que ele encontrava alimento, os braços seriam curtos demais para alcançar sua boca.

Recentemente, o paleontólogo Steven Stanley, da Universidade do Havaí, lançou uma nova teoria. Segundo ele, apesar de curtos, os braços possuíam fortes músculos e longas garras, servindo para perfurar a presa em golpes rápidos enquanto o Tiranossauro a segurava com a boca.

VOCÊ SABIA?

Quando o primeiro T. Rex foi descoberto, não foram achados seus membros superiores, e para completar o primeiro esqueleto que ele exibiu em público, Henry Fairfield Osborn usou os braços de um Hadrossauro.

HÁBITOS

O Tiranossauros viviam em pequenos grupos formados pela família (macho, fêmea e filhotes). Os machos constumavam disputar as fêmeas em violentos combates.

Alguns paleontólogos defendem a ideia de que este dinossauro atacava até mesmo animais de sua própria espécie. Recentemente, no oeste da América do Norte, cientistas descobriram marcas de mordidas em quatro conjuntos de ossos fossilizados de T. Rex. Feitas após a morte desses dinossauros, as marcas foram deixadas por outros T. Rex!

?

VOCÊ SABIA?

Os dinossauros, assim como outros répteis, nasciam de ovos que tinham aproximadamente 30 cm, dependendo da espécie.

VELOZES, ÁGEIS E
PERIGOSOS

Do tamanho aproximado de uma moto, e com o peso de um ser humano adulto médio, o Velociraptor era membro de uma família de dinossauros caçadores. Ele não impressionava pelo tamanho. Em compensação, suas garras curvadas, suas poderosas mandíbulas e sua velocidade o tornavam uma perigosa ameaça. Seu nome significa "ladrão veloz", por causa da agilidade e ferocidade com que ele caçava.

? VOCÊ SABIA?

O corpo leve e as pernas fortes do Velociraptor possibilitavam que ele alcançasse uma velocidade de cerca de 40 km/h.

LAGARTOS OU
PÁSSAROS?

Os dinossauros eram répteis. No entanto, estudos anatômicos revelam que eles tinham muitas semelhanças com as aves, tais como a anatomia das patas que as faz correr com mais eficiência, características do crânio e o tornozelo articulado. O Velociraptor e muitas outras espécies também faziam ninhos para seus ovos. Há fortes evidências de que as aves tenham evoluído dos dinossauros.

?

VOCÊ SABIA?

O termo "raptor" é normalmente usado por especialistas em aves para se referir a águias, falcões e parentes, que agarram suas presas com suas garras curvas e afiadas.

Réplica de um Velociraptor no **DinoPark**, uma das atrações populares em Bratislava, Eslováquia.

CLASSIFICAÇÃO

E FATOS GERAIS

Os primeiros Velociraptores foram desenterrados em expedições americanas ao Deserto de Góbi, na Mongólia, na década de 1920.

Por mais de 60 anos, o Velociraptor manteve-se relativamente desconhecido. Ele se tornou um dinossauro famoso graças ao filme Jurassic Park, de 1993, onde ele aparece do tamanho de um ser humano adulto e com um visual bastante ameaçador. Diferentemente da versão do cinema, o Velociraptor era bem menor e provavelmente coberto por penas.

PERÍODO:
80-73 milhões de ano, fim do período Cretáceo.

ORDEM, SUBORDEM, FAMÍLIA:
Saurischia, Theropoda, Dromaeosauridae.

LOCAL:
Mongólia e China.

VOCÊ SABIA?

Há duas espécies de Velociraptor reconhecidas atualmente: *V. mongoliensis* e a *V. osmolskae*, que foi identificada e nomeada apenas em 2008.

Cambriano 540-500	Ordoviciano 500-435	Siluriano 435-410	Devoniano 410-355	Carbonífero 355-295	Permiano 295-250	Triássico 250-203	Jurássico 203-135	Cretáceo 135-65	Terciário 65-1,75	Quaternário 1,75-presente
PALEOZÓICO 540-250 Ma						MESOZÓICO 250-65 Ma			CENOZÓICO 65 Ma-presente	

HÁBITOS

O Velociraptor era bem pequeno se comparado a outros dinossauros, mas isto não era um problema. O Velociraptor era provavelmente um dos dinossauros mais inteligentes, considerando que possuía um cérebro grande em comparação ao corpo.

Muito feroz e esperto, andava sempre em grupos, facilitando o ataque a animais até maiores do que ele.

?

VOCÊ SABIA?

Em 1971, durante uma expedição ao Deserto de Góbi, na Mongólia, uma ossada de Velociraptor foi encontrada agarrada a um Protoceratope (parente menor do Triceratope). Os arqueólogos presumiram que eles estavam brigando quando morreram soterrados por uma avalanche de areia.

CARACTERÍSTICAS
PRINCIPAIS

No passado, pesquisadores defendiam que os dinossauros eram animais de sangue frio, como os répteis atuais. Na década de 1970, novas pesquisas apontaram que alguns deles, como o Velociraptor, eram de sangue quente, o que explica a agilidade e ferocidade deles.

Recentemente, cientistas sugeriram que eles eram mesotérmicos, uma condição intermediária entre sangue quente e frio.

O Velociraptor tinha um crânio longo e baixo. Possuía de 26 a 28 dentes afiados.

?

VOCÊ SABIA?

Segundo alguns paleontólogos, as garras do Velociraptor eram boas para escalar. Há uma boa chance de que os Velociraptores subiam ocasionalmente em árvores.

O Velociraptor possuía clavícula, uma característica incomum para um dinossauro. Essa diferença em sua anatomia fazia com que seus braços tivessem uma força adicional, permitindo que ele agarrasse suas presas com firmeza.

Graças à sua cauda longa e semirrígida, o Velociraptor era capaz de correr, saltar, fazer movimentos bruscos e se equilibrar com facilidade.

De acordo com descobertas recentes, o Velociraptor era um dinossauro com penas, embora não se saiba exatamente como era a aparência delas. No entanto, ainda hoje a maioria das representações gráficas o mostram sem penas.

Possuía uma estrutura leve, com pernas finas e fortes e uma coluna flexível.

No segundo dedo de cada pé havia uma garra maior em formato de foice, que o Velociraptor usava para atacar.

COMPRIMENTO: Até 1,8 m

ALTURA: Cerca de 0,6 m

PESO: Até 15 kg

VELOCIDADE: 40 Km/h

CURIOSIDADES SOBRE A
ALIMENTAÇÃO

O Velociraptor era um dinossauro carnívoro. Ele se alimentava de pequenos mamíferos, insetos, anfíbios, répteis, além de outros dinossauros. Evidências sugerem que ele também costumava comer a carcaça de animais mortos.

Quando caçava, o Velociraptor costumava derrubar suas presas com ajuda da longa garra retrátil que possuía em cada pé. Uma vez no chão, era praticamente impossível escapar de suas potentes mordidas.

4D

ABRA O APLICATIVO E APONTE A CÂMERA PARA A IMAGEM AO LADO.

A EXTINÇÃO
DOS DINOSSAUROS

Os dinossauros desapareceram da Terra muito antes do surgimento do homem. Caso contrário, não teríamos a menor chance de sobrevivência com essas feras à solta.

Existem dezenas de teorias que tentam explicar o desaparecimento dos dinossauros. A explicação mais aceita é de que no fim do período Cretáceo, há 65 milhões de anos, muitas mudanças aconteceram na Terra: a separação da terra seca em continentes, atividades vulcânicas, alterações no clima e na vegetação. Junto com todas essas mudanças, é provável que o choque de um grande meteoro com a Terra tenha criado condições inviáveis à vida, extinguindo os dinossauros.

DINOSSAUROS PELO
MUNDO

RobMeador.com / Shutterstock.com

Ao redor do mundo existem muitos museus e instituições dedicadas a estudar e preservar as descobertas paleontológicas e informações sobre a pré-história. Conheça os nomes e a localização dos principais deles na lista ao lado.

África do Sul
South African Museum, Cidade do Cabo

Alemanha
Humboldt Museum für Naturkunde, Berlim
Staatliches Museum für Naturkunde, Stuttgart

Austrália
Queensland Museum, South Brisbane
Victoria Museum, Melbourne

Brasil
Museu dos Dinossauros, Uberaba-MG
Museu de História Natural, Taubaté-SP

Canadá
Royal Ontario Museum, Toronto
Tyrrell Museum of Paleontology, Drumheller, Alberta

China
Zigong Dinosaur Museum, Sichuan

Espanha
Museo Nacional de Ciencias Naturales, Madri

Estados Unidos
American Museum of Natural History, Nova York
American Museum of Natural History, Washington
Carnegie Museum of Natural History, Pittsburgh
Peabody Museum, Universidade de Yale
Field Museum of Natural History, Chicago
Utah University Museum of Natural History, Salt Lake City
University of California Museum of Paleontology, Berkeley
Jensen Dinosaur National Monument, Jensen, Utah
Museum of the Rockies, Bozeman, Montana

França
Musée d'Histoire Naturelle, Paris
Musée des Dinosaures, Espéraza

Japão
National Science Museum, Tóquio
Gunma Museum of Natural History, Tomioka

Polônia
Institute of Paleobiology, Varsóvia

Reino Unido
The Natural History Museum, Londres
University Museum of Natural History, Oxford
Sedgwick Museum of Earth Sciences, Universidade de Cambridge
Bristol City Museum of Geology
Leicester City Museum

Rússia
Paleontological Institute, Moscou